A M<sup>r</sup> Paul RENARD

# LE
# VERROU

Opérette en un Acte

Paroles de
## L. Battaille

Musique de
# FRÉDÉRIC BARBIER

Prix net: 1 f

Au Métronome, Emile BENOIT, Éditeur, Rue de Rivoli 33

# LE
# VERROU

Opérette en un acte

Paroles de L. BATTAILLE

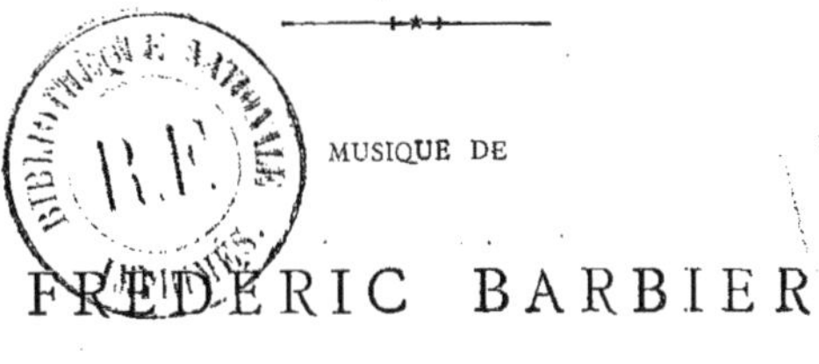

MUSIQUE DE

## FRÉDÉRIC BARBIER

REPRÉSENTÉ A PARIS SUR LA SCÈNE DE L'ELDORADO

*Le 31 Octobre 1879*

PARIS

## AU MÉTRONOME

ÉMILE BENOIT, ÉDITEUR

33, Rue de Rivoli, 33

1880

# PERSONNAGES :

---

| | |
|---|---|
| **CHAVENTRÉ**, Capitaine à la solde de la ligue . . . . . . . . . | MM. J. Perrin. |
| **VEAUBRAISÉ**, Procureur au Châtelet . . . . . . . . . . . | Mathieu. |
| **BABYLAS**, son troisième Clerc . . . . . . . . . . . . | Ducastel. |
| **Dame BRIGITTE**, Femme de Veaubraisé . . . . . . . . . . | M<sup>mes</sup> Duparc. |
| **MAGUELONNE**, sa Servante . . . . . . . . . . . . . | Marthe Lys. |

---

*L'action se passe à Paris, le 21 Mars 1594.*

# LE VERROU

Le théâtre représente un salon élégant. — Porte d'entrée au fond. — Chambre de Chaventré, premier plan à droite. — Chambre de Veaubraisé, premier plan à gauche. — Chambre de Maguelonne, deuxième plan à gauche. — Une table servie, deux couverts, au fond à gauche. — Buffet-dressoir avec victuailles au fond à droite. — Fenêtre au fond à droite. — Deux flambeaux allumés sur la table. — Cheminée avec flambeaux. — Deux fauteuils, deux sièges confortables, un escabeau.

## SCÈNE PREMIÈRE

### MAGUELONNE, BABYLAS

*Au lever du rideau, Maguelonne, assise à gauche sur le fauteuil, la quenouille à la main, file en faisant tourner son fuseau. Babylas, accroupi sur un escabeau, à droite, un gros livre de droit romain sur les genoux, ânonne quelques fragments de jurisprudence latine.*

Nº 1.

DUETTO

MAGUELONNE, *filant.*

Au temps où la reine Berthe filait,
En revenant d'un long pèlerinage
Maint chevalier au logis retrouvait
Un bel enfant ressemblant à son page.

BABYLAS, *lisant et ânonnant.* — Is pater... Is pater... est quem nuptiæ demonstrant...

| MAGUELONNE, *filant.* | BABYLAS *lisant.* |
|---|---|
| Tourne, tourne, tourne, | *Is pater* |
| Tourne mon fuseau ; | *est* |
| Le fil se déroule | *is pater est* |
| Et, formant la boule, | *quem* |
| Grossit l'écheveau. | *nuptiæ...* |
| Tourne, tourne, tourne, | *est quem nuptiæ* |
| Tourne mon fuseau | *demonstrant.* |
| Tourne, tourne, tourne. | |
| Tourne mon fuseau ! | |

BABYLAS, *fermant son livre avec désespoir.* — Oh ! Maguelonne, par pitié ! cessez de roucouler, ou je cesse d'apprendre !

MAGUELONNE, *se moquant.* — Voyez-vous le beau malheur !

BABYLAS. — Vous voulez donc, Maguelonne, que je sois un âne toute ma vie ?

MAGUELONNE. — Mais, mon pauvre Babylas, pourquoi tenez-vous à acquérir tant de science ?

BABYLAS, *avec amour.* — Tu me le demandes ?... (*Geste de Maguelonne.*) Vous me le demandez, ô Maguelonne ! (*Il lui prend la main en se dressant de sa hauteur sur son escabeau.*)

MAGUELONNE, *se levant et passant avec dignité devant Babylas.*[*] — Tout beau, maître Babylas, vous vous émancipez, je crois ? D'abord, cessez de me donner ce nom de Maguelonne, qui n'est plus le mien, et n'oubliez pas que vous avez devant les yeux : Gracieuse et légitime dame Brigitte, épouse en secondes noces de maître Veaubraisé, procureur au Châtelet, et quartenier de la milice bourgeoise de la rue des Vieilles-Haudriettes... en ce moment investi du commandement de la porte Saint-Antoine, le poste le plus périlleux de la bonne ville de Paris, que Sa Majesté Henri IV nous fait l'honneur d'assiéger pour la seconde fois.

BABYLAS. — Amen !... Eh bien, parlons-en, c'est une jolie idée qu'a eue là maître Veaubraisé, de vous faire passer, vous, Maguelonne,

[*] Babylas, Maguelonne.

sa servante, pour dame Brigitte, sa femme... et tout cela à cause de ce sacripant... (*Il frappe avec rage sur son livre.*)

MAGUELONNE, *se fâchant.** — Babylas !...

BABYLAS, *furieux.* — Non, il faut que j'éclate à la fin !... J'en ai gros sur l'estomac ! Maudit siège !... Canaille de capitaine !

MAGUELONNE, *très digne.* — Babylas, songez que vous parlez de l'hôte de notre patron !...

BABYLAS. — Son hôte, par force ! On ne pouvait donc pas lui trouver un autre billet de logement, à ce capitaine de malheur ? Ah ! bien ouiche ! on avait un Chaventré sous la main... « Chaventré ! Ce nom pour un capitaine !... » On s'est dit : Le Veaubraisé est remarié depuis quinze jours à une femme charmante, c'est l'instant... c'est le moment ! Et v'lan, le Chaventré fait irruption chez le Veaubraisé ; mais à l'aspect de Chaventré, le Veaubraisé, qui est jaloux comme un tigre déchaîné, fait conduire dame Brigitte, son épousée d'une quinzaine, à l'abbaye de Montmartre.

MAGUELONNE, *continuant.* — Et la met sous la protection de sa sœur, qui est tourière du couvent. Après ?

BABYLAS, *avec explosion.* — Après ! et c'est vous ! vous, Maguelonne, sa servante, qu'il affuble des titres et prérogatives de la fugitive et qu'il livre en pâture aux entreprises galantes de son... Chaventré...

MAGUELONNE, *avec reproche.* — Babylas !

BABYLAS, *avec rage.* — Mais vous ne voyez donc pas que je me mine ? que je me dessèche ? que je dépéris ? quand je pense que votre chambre est là. (*Il désigne la porte de gauche.*) Celle du capitaine, ici... ( *Il désigne la porte de droite.*) et qu'il n'y a que ce salon à traverser ..

MAGUELONNE, *fièrement.* — Et ma vertu !

BABYLAS. — Ne dites donc pas de bêtise !,... Si encore je pouvais faire sentinelle, si l'on me laissait coucher devant votre porte... mais non !... on m'envoie dormir au grenier !... Dormir !... c'est-à-dire que mes nuits sont un cauchemar perpétuel ! Au moindre bruit, je descends à pas de loup, je colle mon oreille au trou de la serrure, et j'écoute !...

Maguelonne, Babylas.

MAGUELONNE. — Eh ! bien ?...

BABYLAS. — Je n'ai rien entendu... c'est vrai !... mais, en attendant... je me méfie !... je veille et je prends mes précautions !

MAGUELONNE, *riant.* — Les précautions, ça ne sert pas à grand'chose, mon pauvre Babylas ! Pendant le premier siège, du vivant de sa première femme, maître Veaubraisé aussi a pris des précautions ! Témoins, ces verroux qu'il a fait poser à toutes les portes ! Cela ne l'a pas empêché d'être...

BABYLAS, *furibond.* — Mais ça ne va donc pas finir ? Henri IV n'entrera donc pas une bonne fois ? Qu'est-ce qu'ils veulent donc, vos Parisiens ? L'année dernière, ils ont refusé de le recevoir parce qu'il était huguenot ; mais aujourd'hui, il a abjuré ses erreurs, il s'est fait catholique, et catholique fervent même... Il est toujours fourré dans les couvents !...

MAGUELONNE, *riant* — Les couvents... de femmes.

BABYLAS. — Qu'est-ce que ça fait ?... Que leur faut-il de plus, à vos enragés ligueurs ? Ils ne peuvent donc pas aller le trouver, et lui dire : — Entre, Henri IV..., entre, mon vieux, nous t'attendons !

MAGUELONNE. — A quoi ça vous avancerait-il ?

BABYLAS. — Comment, à quoi ?... mais Henri IV entré, le siège est fini et le Chaventré s'éclipse...

MAGUELONNE, *le calmant.* — Il vous fait peur, ce pauvre capitaine !... Vous connaissez pourtant sa devise !

BABYLAS, *ironique.* — Oui, je la sais par cœur : — La femme d'un hôte, c'est sacré ! . — On dit cela, mais ça n'engage à rien, au contraire !

MAGUELONNE. — Vous exagérez ; le capitaine n'a jamais dépassé les bornes...

BABYLAS. — Parce qu'il n'a pas pu ! sans cela... Quand je pense que cette nuit, vous allez rester seule ici... lui... là, et moi... là haut !... Cornes du diable ! A cette idée, mon front éclate, mon sang s'allume et je vois... jaune !... Oui, Maguelonne, je vois jaune !...

MAGUELONNE, *minaudant.* — Vous m'aimez donc bien, vilain jaloux ?

BABYLAS, *avec transport.* — Si je vous aime !...

## N° 2.

### COUPLETS

**1.**

Demandez au mouton
S'il aime la verdure;
Demandez au goujon
S'il aime la friture ;

Mais ne demandez pas, en voyant ma rougeur,
Quand je suis palpitant sous vos regards de flamme,
Ne me demandez pas, ô reine de mon cœur !
Si vos traits sont *là... peints*, au fin fond de mon âme !

Car je sens là... là... et puis là,
Je sens... je sens un trouble extrême !...
Et puis par là... là... et puis là
Quèqu'chos' que j'comprends pas moi même.
Vous m'demandez si je vous aime...
Oh ! voui !
Oh ! voui ! oh ! voui !
Oh ! voui ! j'vous aime !

**2ᵉ c.**

Demandez au lion
S'il aime sa fourrure;
Demandez à l'oignon
S'il aime sa pelure ;

Mais ne demandez pas, je l'implore à genoux,
Où vont tous mes soupirs, lorsque mon cœur tressaille...
Ne le demandez pas, car, si ce n'est vers vous,
Cruelle, où voulez-vous que chaque *soupir aille?*

Car, je sens là... là... et puis là, etc.

(*Il se jette à genoux*).

MAGUELONNE, *résistant.* — Babylas !...

BABYLAS, *ivre d'amour.* — Je voudrais passer toute ma vie à tes pieds.

MAGUELONNE, *se méprenant.* — Jaloux !..

BABYLAS. — A vos pieds, reine de mon âme, à vos pieds !.. (*Il lui embrasse les mains. — Chaventré paraît au fond*).

## SCÈNE II

### LES MÊMES, CHAVENTRÉ *.

#### N° 3.

##### TRIO BOUFFE.

CHAVENTRÉ, *entre du fond et voyant Babylas aux pieds de Maguelonne.*

Ventre saint-gris ! en croirais-je mes yeux ?

N. B. — Le second couplet est *ad libitum.*
* Maguelonne, Chaventré, Babylas.

---

BABYLAS et MAGUELONNE, *se séparant vivement.*

Le capitaine ! le capitaine !

CHAVENTRÉ, *goguenard, descendant en scène.*

Parbleu ! les amoureux,
Ma présence vous gêne !

BABYLAS et MAGUELONNE, *confus.*

Capitaine ! capitaine !...

CHAVENTRÉ, *à Babylas*

Et c'est toi ! *tu quoque !*

BABYLAS, *abruti.*          MAGUELONNE, *étonnée.*

Moi *quoque !*          Lui... *quoque !*

CHAVENTRÉ, *à Babylas.*

As-tu donc oublié,
Mortel infortuné,
Ce dicton vénéré
Que j'ai tant répété ?
La femme d'un hôt' c'est sacré !

MAGUELONNE, *à part.*

D'effroi mon cœur est agité !

(*à Chaventré,*)

Capitaine, de grâce !
Vous vous trompez, en vérité,
C'nest pas moi qu'on embrasse !

CHAVENTRÉ, *à Maguelonne.*

Morbleu ! madame Vaubraisé,
C'est ainsi qu'on s'embrasse ?
Le beau muguet, en vérité,
Il a l'oreille basse !...

BABYLAS, *à part.*

Pincé ! pincé ! je suis pincé !...

(*A Chaventré*).

Capitaine, de grâce !
Vous vous trompez, en vérité,
C'est mon livr' que j'ramasse !...

CHAVENTRÉ, *à Babylas.*

Babylas, mon garçon,
Retiens cette leçon...

##### COUPLETS

Près de la femme, femme, femme,
Près de la femme d'un ami,
Il ne faut pas que l'on s'enflamme,
C'est trop malsain pour le mari.
Mais, hélas ! on n'est pas de glace,
En regardant son œil fripon
Et son petit nez polisson...
Il se peut alors... qu'on l'embrasse...

(*Il embrasse Maguelonne*).

Mais on se dit,
Mais on se dit :
C'est la femme d'un ami !

Halte-là ! v'li ! v'lan ! saperlipopette !
Du pauvre mari, ménageons la tête.
Il faut au danger
Savoir résister,
Mordié !
La femme d'un hôt', c'est sacré !

*Reprise ensemble.*

Halte-là ! v'li ! v'lan ! saperlipopette ! etc.

(*Sur la fin de l'ensemble, Chaventré embrasse Maguelonne à plusieurs reprises.*)

BABYLAS, *dépité, à part.* — Ah ! mais ! Ah ! mais !..

CHAVENTRÉ. — Voilà, Babylas, comment on résiste à la tentation ! (*Il embrasse Maguelonne.*)

BABYLAS, *à part.* — Mais il n'y résiste pas du tout, lui !... (*Haut.*) Capitaine...

CHAVENTRÉ. — Taisez-vous, affreux débauché !

BABYLAS, *montrant son livre.* — Capitaine, vous vous trompez... Je ramassais mon livre ! Je ne l'embrassais pas !

CHAVENTRÉ. — Tu ne l'embrassais pas ?.. Ah ! si j'avais été à ta place !.. (*Il prend la taille de Maguelonne.*)

MAGUELONNE. — Hein ?..

BABYLAS. — A ma place ?..

CHAVENTRÉ, *se remettant.* — J'en aurais fait autant. La femme d'un hôte, c'est sacré ! Ce serait trop horrible pour ce pauvre Veaubraisé qui grelotte en ce moment avec sa compagnie... et la garde sera rude, car on annonce...

BABYLAS — Quoi donc ?

CHAVENTRÉ. — Rien... une petite surprise que ce diable à quatre d'Henriot nous ménage !

MAGUELONNE. — Ah ! mon Dieu ! capitaine, est-ce qu'il entrerait dans Paris ?

CHAVENTRÉ, *souriant.* — Peut-être... peut-être... On répète partout que, cette nuit, il doit pénétrer dans la ville par la porte Saint-Antoine !

BABYLAS. — La porte Saint-Antoine !.. nous pouvons dormir tranquilles... C'est maître Veaubraisé qui commande le poste, et c'est un

pur, celui-là !.. un farouche !.. ce n'est pas lui qui livrera passage au parpaillot, comme il l'appelle !..

CHAVENTRÉ. — C'est vrai, ce pauvre Henriot n'est pas des amis de maître Veaubraisé, c'est lui qu'il accuse de ses infortunes conjugales... cependant, dame Brigitte, ce n'est pas tout à fait la faute d'Henri IV, si votre.. *prédécessrice*... (*il la lutine et va pour l'embrasser.*)

BABYLAS, *se mettant entre eux avec son livre.* — Capitaine !.. La femme d'un hôte c'est sacré.

CHAVENTRÉ, *dégrafant son ceinturon.* — Farceur ! Alors, soupons !... J'ai une faim dévorante ! (*Babylas et Maguelonne descendent la table et disposent les sièges*). Allons, à table ! A table ! . (*On entend dans le lointain le bruit de la patrouille qui va crescendo*).

TOUS. — Qu'y a-t-il ?

BABYLAS[**], *courant à la fenêtre.* — C'est une patrouille. Mais, je ne me trompe pas, c'est maître Veaubraisé qui la commande !..

VEAUBRAISÉ, *du dehors.* — Halte ! front !

BABYLAS, *à la fenêtre.* — La patrouille fait halte devant la porte .. Maître Veaubraisé entre dans la maison... Comment, ils vont partir sans lui ?..

VOIX DU SERGENT, *avec un accent de commandement comique.* — Bataillon, par le flanc droit... gauche... colonne en avant... marche...

(*Veaubraisé paraît à la porte, et le bruit de la patrouille va en décroissant.*)

## SCÈNE III

### LES MÊMES, VEAUBRAISÉ [***]

VEAUBRAISÉ, *casque en tête, est armé d'une façon grotesque d'une cuirasse et de cuissards ; il tient une pique à la main.* — Brrr... ça pince !

CHAVENTRÉ, *gaiement.* — Comment ! vous, maître Veaubraisé ?

VEAUBRAISÉ, *descendant.* — Moi-même... Brrr!... je suis glacé !... Capitaine, vous voyez un Veaubraisé gelé... (*Il donne sa pique à Babylas.*)

---

[*] Maguelonne, Babylas, Chaventré.
[**] Maguelonne, Chaventré, Babylas.
[***] Maguelonne, Chaventré, Veaubraisé, Babylas.

CHAVENTRÉ, *étonné.* — Vous abandonnez votre patrouille ?

VEAUBRAISÉ. — Le sergent doit me reprendre dans une heure.

CHAVENTRÉ, *goguenard.* — Oh! oh!... je devine... maître Veaubraisé est jaloux !... Il s'est dit: Le capitaine est seul avec ma femme... allons donc voir ce qui se passe... chez moi.

VEAUBRAISÉ. — Non, capitaine... je vous assure... le froid... seul est cause !...

CHAVENTRÉ. — Fi ! le vilain jaloux !...

VEAUBRAISÉ. — Jaloux, moi?... Allons donc ! J'ai confiance !...

CHAVENTRÉ. — Oui!... vous avez confiance dans vos verroux... (*Geste de tirer les verroux.*) Cric ! crac !...

VEAUBRAISÉ. — Mais, non... je suis revenu pour me réchauffer... en soupant avec vous !... Le repas nous attend... à table, capitaine !...

CHAVENTRÉ. — A table !... (*Offrant la main à Maguelonne.*) Dame Brigitte...

VEAUBRAISÉ. — Babylas, sers-nous...

BABYLAS, *à part.* — Oh ! humiliation ! (*Ils se placent à table, Maguelonne au milieu. Babylas prend une bouteille et ajoute un couvert.*)*

CHAVENTRÉ, *à Veaubraisé.* — Pas jaloux ?...

VEAUBRAISÉ. — Pas jaloux...

BABYLAS, *à part.* — Non, c'est moi !...

CHAVENTRÉ. — Alors, on peut... (*Il embrasse la main de Maguelonne.*)

BABYLAS, *bas à Veaubraisé.* — Patron, il l'embrasse !...

VEAUBRAISÉ, *bas à Babylas.* — Eh bien ! après ?... Ce n'est pas ma femme, la mienne est à Montmartre.

BABYLAS, *bas à Veaubraisé.* — Oui, mais, moi...

VEAUBRAISÉ, *découpant.* — Assez et verse à boire.

BABYLAS, *scandalisé.* — Ah !... (*Il boit à même le flacon*)

CHAVENTRÉ. — Bravo! Veaubraisé! confiance

* Chaventré, Maguelonne, Veaubraisé, Babylas.

entière et illimitée ! C'est encore le meilleur moyen de ne pas être... rapportez-vous en à moi.

VEAUBRAISÉ. — Capitaine, avec vous, je suis sûr de mon affaire !

CHAVENTRÉ, *poignée de mains.* — Ce bon Veaubraisé !...

VEAUBRAISÉ, *même jeu.* — Ce brave Chaventré !...

BABYLAS, *à part.* — Crétin !... (*Il boit.*)

VEAUBRAISÉ, *mangeant.* — Capitaine, si vous voulez me rendre tout à fait heureux, chantez-nous donc une de ces petites chansons qui... une de ces chansons que... enfin, que vous chantez si bien...

CHAVENTRÉ, *riant.* — Quelque chose de salé?...

VEAUBRAISÉ, *l'imitant.* — C'est cela, ça fait boire !

CHAVENTRÉ: — Vous tombez à propos ; j'ai du nouveau ! Le dernier Noël, composé par vos amis les Ligueurs, sur ce diable à quatre de Henriot !...

VEAUBRAISÉ. — Oh! alors, chorus au refrain ! Verse, Babylas !

BABYLAS*, *à part.* — Oh! abnégation !... (*Il boit et verse.*)

### N° 4.

#### CHAVENTRÉ.

##### CHANSON BACHIQUE.

**I.**

Henri quatre est un bon enfant,
　Mais Margoton, sa femme,
Lui cause du désagrément,
　Lorsque son cœur s'enflamme.
　　Elle va, dit-on,
　　D'un joli poupon
　　Lui faire le don,
　D'un poupon frais et rose.
Henri quatre, apprenant la chose :
　　Ventre saint-gris !
　　Encore un fils !...
　C'est le dernier j'espère ;
　　Si c'est un Français,
　　Je le reconnais,
　　Car de mes sujets
　C'est moi qui suis le père !
　　　Ho! Ho !
　　　Margot.
　　　Ho! Ho !
　　　Margot.

* Babylas, Chaventré, Maguelonne et Vaubraisé à la table.

Buvons une rasade.
Ho! Ho!
Margot.
Ho! Ho!
Margot!
La bonne gasconnade!
Mais dorénavant,
S'il vient un enfant,
Préviens m'en
Sur le champ!
Vraiment!
Henri quatre est un bon enfant!

*Reprise ensemble.*

Ho! Ho!
Margot, etc.

*Sur la fin de l'ensemble, Chaventré embrasse Maguelonne.)*

BABYLAS, *à part.* — Tais-toi, mon cœur!... (*Il boit.*)

CHAVENTRÉ.

II.

Henri quatre est un bon enfant,
Et d'humeur fort galante.
Il a trouvé, pour le moment,
Une dame charmante.
C'est d'un écuyer
La douce moitié,
Qui, par amitié,
Demande une couronne.
Henri quatre dit : Ma mignonne,
Ventre saint-gris!
Tous les maris
N'ont pas tant d'exigence!
Le tien, mon mignon,
Sera fait baron,
S'il prend pour blason :
La corne d'abondance!...

Ho! Ho!
Margot, etc.

*Tous, moins Babylas*.* — Bravo, capitaine,

MAGUELONNE. — Ce noël est délicieux.

CHAVENTRÉ, *l'embrassant.* — Vous trouvez?

BABYLAS, *à part.* — Que je souffre! mon Dieu! que je souffre!... (*Il boit.*)

VEAUBRAISÉ, *voyant le capitaine embrasser Maguelonne.* — (*A part*) C'est moi qui suis content d'avoir envoyé ma femme à l'abbaye de Montmartre (*Riant et buvant.*) — Ho! ho! Margot... Ho! ho! Margot...

CHAVENTRÉ, *le regardant.* — Et l'on dit que cet homme-là est jaloux! Allons donc!... Jaloux, vous, Veaubraisé? vous ne l'avez jamais été!

VEAUBRAISÉ. — Si, je l'ai été!.. du vivant de ma première femme!..

BABYLAS, *s'oubliant et un peu gris.* — Et ferme encore!..

VEAUBRAISÉ, *avec des yeux furibonds.* — Babylas, verse et tais-toi!..

CHAVENTRÉ. — Henri IV lui-même ne troublerait pas votre sérénité.

VEAUBRAISÉ, *furieux.* — Lui! le parpaillot! Le Sardanapale!..

CHAVENTRÉ, *riant.* — Chut!.. s'il vous entendait!.. qui sait si, pendant que vous êtes ici, il n'entre pas par la porte que vous êtes chargé de garder.

VEAUBRAISÉ, *montrant son trousseau.* — Allons donc.. J'ai les clefs, il n'entrera pas!..

CHAVENTRÉ, *se levant.* — Tout le monde l'imite. — *Babylas et Maguelonne rangent la table au fond.* Il n'y pense guère, ce pauvre Henriot!.,. Si ce que l'on dit est vrai, il paraît qu'il mène bonne et joyeuse vie à l'abbaye de Montmartre.

VEAUBRAISÉ, *tressaillant.* — *Maguelonne et Babylas redescendent et écoutent* *.* — Hein?..

CHAVENTRÉ. — Ne le saviez-vous pas? Depuis trois jours, c'est là qu'il a établi son quartier général.

VEAUBRAISÉ. — A l'abbaye de Montmartre?.. (*Il faiblit.*)

MAGUELONNE, *à part.* — Ah! mon Dieu!..

BABYLAS, *à part.* — Le patron jaunit à vue d'œil, c'est bien fait!..

CHAVENTRÉ. — Qu'avez-vous? Auriez-vous là quelque parente?

VEAUBRAISÉ, *avec effort.* — Oui... J'ai ma sœur.

CHAVENTRÉ. — Votre sœur?

VEAUBRAISÉ, *avec effort.* — Oui... ma sœur... qui est tourière...

CHAVENTRÉ. — Pauvre ami! quel âge?...

VEAUBRAISÉ. — Cinquante-six ans!...

CHAVENTRÉ, *riant.* — Cinquante-six ans?... Rassurez-vous, passé trente-cinq ans *, l'état-

---

* Chaventré, Maguelonne, Veaubraisé, Babylas.

* Maguelonne, Chaventré, Veaubraisé, Babylas.

major ne fait plus de réquisitions. Ha ! ha ! ha ! ha ! D'ailleurs, toutes les nonnes se sont enfuies à l'approche de l'ennemi !

VEAUBRAISÉ, *joyeux.* — Alors, la cage était vide ?

CHAVENTRÉ. — Non ! et c'est là le plaisant de l'histoire ; l'armée royale a trouvé garnison, et garnison fort gentille, ma foi !..

VEAUBRAISÉ. — Comment ?..

CHAVENTRÉ. — Figurez-vous que vos bênets de maris parisiens, pour épargner à leurs femmes les horreurs du siège, les ont naïvement expédiées dans cet asile hospitalier, qu'ils croyaient inviolable... malheureusement, l'armée royale, à court de vivres, a découvert le pigeonnier et...

VEAUBRAISÉ, *anxieux.* — Et...

CHAVENTRÉ. — Et l'état-major s'est ravitaillé... ah ! ah ! ah !.. (*Il rit à gorge déployée*).

VEAUBRAISÉ, *interloqué, à part.* — L'état-major s'est rav... C'est moi qui suis fâché d'avoir envoyé ma femme à l'abbaye de Montmartre.

CHAVENTRÉ, *riant.* — Ah ! ah ! (*A Veaubraisé.*) Mais riez donc !

VEAUBRAISÉ, *riant jaune.* — Oui, c'est très drôle !... Ah ! ah ! ah !...

BABYLAS, *se tenant les côtes.* — Ah ! ah ! ah !... (*Il s'arrête sur un regard furieux de Veaubraisé.*)

CHAVENTRÉ. — L'aventure est plaisante ! Voyez-vous d'ici la tête des maris, quand ils apprendront... la voyez-vous ?.. ah ! ça, mais qu'avez-vous, maître Veaubraisé ?

VEAUBRAISÉ, *défaillant.* — Rien... la chaleur du repas... je me sens la tête lourde !..

BABYLAS, *à part.* — Parbleu ! Avec ce qu'il a dessus !

CHAVENTRÉ. — Alors, je vous laisse. Je rentre dans ma chambre. Quand votre patrouille reviendra, frappez à ma porte, nous prendrons ensemble un verre d'hypocras... cela vous fera du bien, vous avez la figure à l'envers !... Par la mordié ! Secouez-vous... une sœur tourière... Cinquante-six ans... avec Henri IV, il n'y a pas de danger !.. Ah ! Ah ! Ah !

*Reprise ensemble.*

Ho ! Ho !
Margot ! etc.

(*Ils donnent à cet ensemble des expressions différentes. — Chaventré très gai. — Babylas et Maguelonne goguenards. Veaubraisé furieux. A la fin de l'ensemble, Chaventré rentre chez lui en riant*)

## SCÈNE IV

### LES MÊMES, moins CHAVENTRÉ.

VEAUBRAISÉ.* — *Jetant des regards courroucés sur Babylas et Maguelonne qui rient aux éclats.* — Avez-vous fini, vous autres ! *tapant sur les meubles, sur son casque et sur sa cuirasse.* Haigne !.. Tiens donc ! Tiens donc !..

BABYLAS. — Le temps est à l'orage !

MAGUELONNE, *cherchant à calmer Veaubraisé.* — Notr'maître...

VEAUBRAISÉ. — Toujours Henri IV ! Cet antéchrist !.. Cet Héliogabale !.. il est dit que je ne l'échapperai pas !..

MAGUELONNE. — Mais notr'maître, peut-être n'y a-t-il pas encore de mal !

VEAUBRAISÉ. — Depuis trois jours !.. j'en doute, enfin, c'est possible !.. Maguelonne, mon manteau !..

BABYLAS. — Qu'allez-vous faire ?..

VAUBRAISÉ. — Je vais chercher ma femme !..

MAGUELONNE. — Y pensez-vous ? la ville est investie !..

VEAUBRAISÉ. — Je sortirai par la porte des Martyrs... (la porte des Martyrs ! Amère ironie !..) C'est mon compère la Hurière qui commande... (sa femme aussi est là bas !...) Le malheureux ! je gagnerai les avant-postes, et de là je tâcherai de pénétrer jusqu'à l'abbaye !

BABYLAS. — Et votre service ?.. Songez qu'il y va de votre tête !..

VEAUBRAISÉ. — C'est à Montmartre qu'il y va de ma tête !..

BABYLAS. — On ne vous laissera pas sortir !

VEAUBRAISÉ. — Si... j'ai mon plan...

BABYLAS. — Raison de plus !..

* Maguelonne, Veaubraisé, Babylas.

Veaubraisé. — Assez !... Maguelonne, faites ce que je dis. (*Maguelonne sort à gauche.*)

## SCÈNE V

### VEAUBRAISÉ, BABYLAS*

Babylas. — Mais, patron !..

Veaubraisé, *défaisant sa cuirasse*. — Tu vas revêtir... mon armure et me remplacer au poste.

Babylas, *stupéfait*. — Moi ?..

Veaubraisé **. — Toi ?.. — (*Il lui passe la cuirasse.*) Endosse ma cuirasse !

Babylas, *se laissant faire*. — Hein !..

Veaubraisé, *l'attachant*. — Pas de réplique !..

Babylas. — On verra bien que ce n'est pas vous !

Veaubraisé. (1) — Tu baisseras la visière de ta salade.

Babylas, *sans comprendre*. — Ma salade !..

Veaubraisé, *lui donnant son casque*. — Ton casque, quoi !

Babylas. — Ah ! c'est une salade !

Veaubraisé, *lui mettant ses cuissards*. — Les cuissards, à présent...

Babylas. — Ça ne tiendra jamais !..

Veaubraisé. — Ne bougeons plus !..

Babylas, *mettant le casque à l'envers*. — Je retourne la salade !..

Veaubraisé, *allant chercher sa pique*. — Voici ma pique...

Babylas. — Mais, patron, je ne connais rien aux commandements militaires ! .

Veaubraisé. — Tu n'as qu'à dire tout le temps : — une, deusse... une, deusse... on marche... une, deusse... on s'arrête ; une, deusse... on s'asseoit ; une, deusse ;— Enfin, tout ce qu'on fait ; une, deusse ! ***

* Vaubraisé, Babylas.

** Babylas, Veaubraisé.

(1) Si le casque n'avait pas de visière, cette réplique et les suivantes sur le même objet seront remplacées par : *Tu enfonceras ou enfonces ta salade..*

*** Veaubraisé, Babylas.

Babylas, *répétant machinalement*. — Une... deusse...

Veaubraisé. — Tu y es... retourne ta salade.

Babylas, *marquant le pas*. — Une... deusse. .

Veaubraisé, *lui remettant son trousseau*. — Voici les clefs... La consigne est de ne laisser entrer ni sortir personne !

Babylas, *même jeu*. — Une... deusse...

Veaubraisé, *voyant son casque à l'envers*. — Retourne ta salade.

Babylas, *frappé d'une idée*. — Mais pendant que vous serez à Montmartre et moi à la porte Saint-Antoine, elle va rester seule avec lui.

Veaubraisé — Qui ?

Babylas. — Maguelonne et le capitaine !

Veaubraisé. — Qu'est-ce que ça me fait ?

Babylas. — Mais ça me fait, à moi, puisque je dois l'épouser, je n'ai pas envie, avant le mariage, d'être...

Veaubraisé. — Hein !..

Babylas, *intimidé*. — Une, deusse !..

Veaubraisé. — Je le suis bien, moi...

Babylas, *continuant*. — Une, deusse !..

Veaubraisé. — Moi, ton patron. D'ailleurs, si tu l'es, je te préviendrai... (*On entend la patrouille*). Voici la patrouille... retourne ta salade et file !..

Babylas. — Vous verrez que je le serai !

Veaubraisé. — Retourne ta salade !

Babylas. — Je le serai, et par votre faute !

Veaubraisé. — Tu ne le seras pas !.. (*Lui remettant son casque à l'endroit et baissant la visière.*) Mais retourne donc ta salade !

Babylas, *bas, d'une voix étouffée*. — Je le serai ! Une, deusse !

Veaubraisé, *le poussant*. — File !..

Tous deux. — Une, deusse !...

(*Babylas sort. — On l'entend crier : Une, deusse. Le bruit de la patrouille s'éteint peu à peu.*)

## SCÈNE VI

### VEAUBRAISÉ

VEAUBRAISÉ, *appelant*. — Maguelonne !... que fait donc cette fille ? Je devrais déjà être parti... mon honneur est en jeu !... canaille de Henri IV !... Ah ! tu veux Paris ? Eh bien ! tu n'y entreras pas !... Le gredin !... Et dame Brigitte, ma femme... après quinze jours de mariage !... comme la vertu est fragile ! je n'en rencontrerai donc pas une qui résistera... trois jours ?.. Il est inutile de me le dissimuler plus longtemps, je suis... je n'ose pas dire le mot... il m'effraye !... Mais patience ! il viendra peut-être un jour un grand homme qui l'écrira en toutes lettres !... le mot que je suis... Les gamins du quartier vont recommencer à roucouler sur mon passage, comme à l'époque de ma première... ces deux syllabes ironiques: Coucou, coucou !... Les idiots ! Coucou... non, je ne suis pas un coucou !

Nº 6.

#### COUPLET

Car le coucou, c'est un moineau,
Nous dit l'histoire botanique,
Qui, dans le nid d'un autre oiseau,
Va loger ses œufs et sa... clique.
Or, je ne suis pas un coucou.
Le coucou, c'est un locataire.
Chez le voisin, la chose est claire,
Moi je ne loge rien du tout.
Donc, je ne suis pas un coucou...
Je suis, je suis,
Oui, j'en suis convaincu.
Je suis... tout,
Tout, tout,
Mais je ne suis pas un coucou.
Coucou, coucou, coucou, coucou,
Coucou !

( *Paraît Maguelonne.* )

## SCÈNE VII

### VEAUBRAISÉ, MAGUELONNE, PUIS BRIGITTE

MAGUELONNE,* *ouvrant la porte du fond.* — Ah ! la voilà !...

VEAUBRAISÉ. — Qui ça ?...

MAGUELONNE. — Madame...

VEAUBRAISÉ. — Ma femme ?...

BRIGITTE,** *accourant et se jetant à son cou. Elle a un costume de paysanne et une mante sur les épaules.* — Séraphin !...

* Veaubraisé, Maguelonne.
** Veaubraisé, Brigitte, Maguelonne.

VEAUBRAISÉ, *l'embrassant*. — Brigitte ! Comment, c'est toi ?

BRIGITTE. — C'est moi !

MAGUELONNE. — C'est elle !...

BRIGITTE, *l'étreignant*. — Ah ! que ça fait de bien de revoir enfin ta bonne grosse tête !...

VEAUBRAISÉ, *bondissant*. — Ma tête !... un instant, madame !... qu'en avez-vous fait de ma tête !...

BRIGITTE, *tremblante*. — Séraphin !...

VEAUBRAISÉ, *yeux terribles*. — Et Henri IV !...

BRIGITTE, *baissant les yeux*. — Ah !... Je l'ai échappé belle !...

Nº 7.

#### RONDEAU

Ah ! que de dangers j'ai courus ;
Rien que d'y penser... je frissonne !
Tout est sauvé, mais un peu plus,
Tu n'aurais retrouvé personne.
A l'approche de l'ennemi,
Pour éviter d'affreux outrages,
Chaque nonne aussitôt s'enfuit.
Mais on nous laisse... comme otages.
Je veux sortir... on me refuse...
Il faut rester, car l'on prétend,
Que pour respecter le couvent
    Faut que le roi s'amuse !

Taratata ! quel bacchanal !
Quand paraît l'escorte royale,
Henri quatre sur son cheval
Fait une entrée triomphale.
En nous voyant toutes tremblantes...
« — Morbleu ! nous dit-il, mes charmantes...
« Pourquoi, cet accueil glacial ?
« Je ne vous ferai pas de mal.
  « Vous êtes mes mies,
  « Mes ennemies,
  « Mais, Ventre saint Gris !
  « Reprenez vos esprits.
« Je ne veux pas de violence,
  « Cette continence,
  « Mérite une récompense.
« Aussi... j'entends que chaque soir.
« L'une de vous vienne me voir...
« Pour me faire... la lecture
« Rien de plus... je vous le jure !
« Ne craignez point que j'en abuse.
« Pour distraire ma majesté.
« Allons, un peu de charité.
  « Faut que le roi s'amuse ! »

A l'instant même, on tire au sort ;
Mais voyez la belle malice,
Après trois autres, mon nom sort.
Je suis quatrième lectrice !
Quant au nom sorti le premier,
C'est... devinez... vous allez rire...
Berthe, la femme du drapier,
Qui justement ne sait pas lire.

Hélas, disait la pauvre buse
Mon mari certe aurait bien dû
M'apprendre ba, be, bi, bo, bu,
    Pour que le roi s'amuse !

Le lendemain, nouvel émoi !
Ce fut Jeanne et dame Gertrude ;
Toutes deux étaient avant moi
Juge de mon inquiétude !
On vient les chercher à la fois ;
Je pensais dans mon infortune
Qu'Henri IV allait faire un choix ;
Et du moins en renvoyer une.
Mais bientôt on me désabuse ;
Ce monarque fort studieux
Les a fait lire toutes deux...
    Faut que le roi s'amuse !

Ce fut mon tour, le jour suivant.
On demande : dame Brigitte...
« Ma belle, le roi vous attend...
« Voici le livre... courez vite. »
Je descendais toute tremblante,
Lorsque j'avise une servante.
M'élançant sur elle aussitôt,
— Changeons de costume, il le faut !
    Elle résiste...
    Moi j'insiste,
En lui disant : Obéis moi,
C'est pour le service du roi.
A ces mots, la pauvrette,
Me donne jupons et cornette ;
Le troc est fait en un instant.
Puis l'affublant de mon costume,
Chez le roi, voilà le plaisant,
V'lan ! je l'enferme prudemment...
Mais j'avais gardé... le volume.
Bref, après maint et maint détour,
De Paris gagnant le faubourg,
J'arrive ici, toute confuse,
Heureuse d'être près de toi
Et d'avoir mystifié le roi !
Qu'importe après tout qu'il m'accuse,
Ce soir, s'il veut lire, ma foi...
Il lira tout seul... et sans moi ;
    Faut que le roi s'amuse !..

VEAUBRAISÉ, *la serrant dans ses bras.* — Brigitte !...

BRIGITTE, *même jeu.* — Séraphin !...

VEAUBRAISÉ, *au comble du bonheur.* — Tu es une... Jeanne d'Arc...

BRIGITTE, *pudiquement.* — Séraphin !

VEAUBRAISÉ. — Pour le courage ! Traverser ainsi seule les rues de Paris !...

BRIGITTE. — Oh ! j'ai eu bien peur, va !... Heureusement qu'à la barrière, j'ai trouvé maître la Hurière... il m'a fait escorter !

VEAUBRAISÉ. — Tu lui as donné des nouvelles de sa femme ?

* Maguelonne, Veaubraisé, Brigitte.

BRIGITTE. — Oui... c'est elle qui lit demain.

CHAVENTRÉ, *dans la coulisse, chantant.*

    Ho, ho, Margot, etc.

VEAUBRAISÉ, * *tressaillant.* — Le capitaine !... Je l'oubliais ! que lui dire ? moi qui ai fait passer Maguelonne pour toi !...

BRIGITTE. — Comment, tu ne l'as pas encore détrompé ?

VEAUBRAISÉ. — Je n'ai pas osé... en te voyant, s'il apprend... gare le ridicule !...

BRIGITTE. — Comment faire ?...

VEAUBRAISÉ. — De l'énergie !... Cache-toi !... (*Chaventré paraît.*) Trop tard !...

## SCÈNE VIII

### LES MÊMES, CHAVENTRÉ **

CHAVENTRÉ, *sortant de sa chambre.* — Quoi ! maître Veaubraisé, pas encore parti ?

VEAUBRAISÉ, *cherchant à masquer Brigitte.* — Je ne pars plus... je reste !

CHAVENTRÉ. — Vous restez ?...

VEAUBRAISÉ. — Un de mes collègues s'est offert pour me remplacer !

CHAVENTRÉ, *apercevant Brigitte.* — Eh ! mais, vous êtes en compagnie, et en charmante compagnie, ma foi... quelle est cette belle enfant ?

VEAUBRAISÉ, *** *hésitant.* — C'est...

BRIGITTE, *s'avançant.* — Maguelonne, capitaine...

MAGUELONNE, *comprenant.* — Ma sœur de lait.

BRIGITTE, *résolument.* — Et la nouvelle servante de maître Veaubraisé.

VEAUBRAISÉ, *ahuri.* — Hein ?

CHAVENTRÉ. — Mon compliment... elle est ravissante... (*Il l'embrasse.*) Vous permettez ?...

VEAUBRAISÉ. — Capitaine ?...

CHAVENTRÉ. — Eh ! par la mordié ! ce n'est pas votre femme ! quand on possède des joues

* Maguelonne, Brigitte, Veaubraisé.
** Maguelonne, Brigitte, Veaubraisé, Chaventré.
*** Maguelonne, Brigitte, Chaventré, Veaubraisé.

aussi fraîches, les baisers s'y précipitent d'eux-mêmes ! (*Il l'embrasse à plusieurs reprises.*)

VEAUBRAISÉ, *de mauvaise humeur.* — Mais, capitaine...

BRIGITTE, *bas,** à Veaubraisé.* — Tais-toi ! il faut détourner les soupçons !

VEAUBRAISÉ, *rongeant son frein.* — Hum !...

CHAVENTRÉ, *à Brigitte.* — D'où venez-vous, luxuriante villageoise ?

BRIGITTE, *avec aplomb.* — De Pontoise... capitaine.

CHAVENTRÉ. — Vous arrivez de Pontoise ?... Vous avez traversé l'armée royale ?... mais alors, on peut...** (*Il l'embrasse.*)

VEAUBRAISÉ, *l'arrêtant.* — Capitaine, respectez sa vertu !

CHAVENTRÉ, *riant.* — Une vertu de Pontoise... farceur ! ce n'est pas la patrie des rosières ! Et que dit-on chez messieurs nos ennemis ?... que fait Sa Majesté ?

BRIGITTE, *souriant.* — Le roi travaille, capitaine... il lit énormément !

CHAVENTRÉ, *riant.* — Voyez-vous, la malicieuse !... (*Il l'embrasse.*)

VEAUBRAISÉ, *s'interposant.* — Capitaine, il se fait tard... et...

CHAVENTRÉ. — Vous voulez vous reposer... malin ! Vous croyez donc que je ne devine pas...

LES AUTRES, *inquiets.* — Hein ?...

CHAVENTRÉ. — Pour cette nuit dame Brigitte va céder sa chambre à sa sœur de lait et réclamer de vous l'hospitalité conjugale. Voilà pourquoi vous avez hâte de... Ah ! mon gaillard !... (*Il lui donne des bourrades en riant.*)

BRIGITTE, *bas, à Maguelonne.* — Comment ! je vais rester seule dans cette chambre ?

MAGUELONNE, *bas.* — J'irai vous remplacer dès que le capitaine sera endormi.

CHAVENTRÉ, *bourrant toujours Veaubraisé, en riant.* — Ah ! ah ! mon gaillard !...

VEAUBRAISÉ, *se défendant.* — Mais non... c'est le sommeil !...

* Maguelonne, Chaventré, Brigitte, Veaubraisé.
** Maguelonne, Brigitte, Chaventré, Veaubraisé.

CHAVENTRÉ, *s'adressant à Brigitte.* — Eh bien ! Maguelonne, préparez les flambeaux...* (*Maguelonne court à la cheminée. Chaventré l'arrête.* — Non, pas vous, dame Brigitte, puisque, à présent, vous avez une servante. (*Regardant Brigitte allumer.*) Ah ! ça, mais sa main tremble !... je vais vous aider, ma mignonne !** (*Il allume un flambeau et l'embrasse en même temps.*)

VEAUBRAISÉ, *furieux, à part.* — Ah ! mais... il allume trop !***

CHAVENTRÉ, *donnant un flambeau à Veaubraisé. Brigitte en donne un à Maguelonne.* — Allons dormir... Veaubraisé, offrez le bras à votre femme. (*Veaubraisé va pour offrir son bras à Brigitte. Chaventré le pousse à Maguelonne en riant.*)**** Hein !... décidément, vous avez la berlue. Je crois que l'arrivée de votre belle-sœur de lait vous a troublé le cerveau !

VEAUBRAISÉ. — Non... c'est le sommeil !

CHAVENTRÉ. — En ce cas... bonne nuit, dame Brigitte. (*Maguelonne fait la révérence.*) Bonne nuit, Veaubraisé !... Ah ! ah ! mon gaillard !... et vous, superbe Maguelonne... (*Il va pour l'embrasser.*)

BRIGITTE, *se dégageant.* — Bonne nuit, capitaine !...

QUATUOR.

N° 8.

CHAVENTRÉ.

Bonne nuit...

MAGUELONNE.

Bonne nuit !

VEAUBRAISÉ.

Bonne nuit...

BRIGITTE.

Bonne nuit !

TOUS.

Bonne nuit !

ENSEMBLE

CHAVENTRÉ.

La petite est vraiment charmante,
Et son minois fripon me tente !

VEAUBRAISÉ.

Ce capitaine qui plaisante
Avec ma femme m'épouvante !

* Brigitte, Maguelonne, Chaventré, Veaubraisé.
** Brigitte, Chaventré, Maguelonne, Veaubraisé.
*** Brigitte, Chaventré, Veaubraisé, Maguelonne.
**** Brigitte, Chaventré, Maguelonne, Veaubraisé.

BRIGITTE.

Je suis déjà toute tremblante !
Ce capitaine m'épouvante !..

MAGUELONNE, *à part.*

Ma foi ! l'aventure est charmante,
Et madame est toute tremblante !

VEAUBRAISÉ, *en passant.*[*]

Bonne nuit !

MAGUELONNE, *même jeu.*

Bonne nuit.

BRIGITTE.

Bonne nuit.

CHAVENTRÉ, *à sa porte.*

Bonne nuit.

TOUS.

Il est minuit.
Bonne nuit.

*(Ils ouvrent leurs portes respectives. Veaubraisé et Maguelonne celle de la chambre conjugale. Brigitte celle de Maguelonne et Chaventré la sienne. Arrivés sur le seuil.)*

Bonne nuit.

*(Ils entrent. Les portes se referment.)*
*(Le théâtre reste dans l'obscurité. La musique continue.)*

## SCÈNE IX

CHAVENTRÉ, PUIS VEAUBRAISÉ, PUIS BABYLAS,
PUIS MAGUELONNE, PUIS BRIGITTE.

CHAVENTRÉ, *sa porte s'ouvre sans bruit ; il se dirige à tâtons vers la chambre de Maguelonne, où est Brigitte.* — La femme d'un hôte, c'est sacré !... oui... (*Par réflexion.*) mais pas sa servante !... (*Il entre dans la chambre.*)

VEAUBRAISÉ, *sortant de chez lui, très soucieux. Il a son flambeau allumé ; le théâtre s'éclaire.* — J'aime mieux tout dire au capitaine... Je suis trop tourmenté... il en pensera ce qu'il voudra... (*Trouvant la porte entrebaillée.*) Sa porte est ouverte ? (*Il entre en appelant.*) Capitaine !... (*Le théâtre redevient obscur.*)

BABYLAS *paraît au fond et se dirige à tâtons. Il se heurte contre les meubles.* — Une, deusse... J'ai confié les clefs au sergent, et je suis revenu.

[*] Veaubraisé, Maguelonne, Brigitte, Chaventré.

Tout le monde est couché... j'ai vu les lumières disparaître !... (*Allant à la porte de Chaventré*). Vite, le verrou !... (*Le tirant.*) Une... deusse... Ça y est... comme ça !... (*Il remonte vers le fond, frappé d'une idée.*) Mais si de son côté... elle allait... (*Allant à la porte de Maguelonne et tirant le verrou*) Une... deusse... deux précautions valent mieux qu'une... Maintenant regagnons mon poste !.. Pourvu qu'on ne se soit pas aperçu de mon absence... Une... deusse... (*Il sort.*)

MAGUELONNE, *paraissant un flambeau à la main. La scène s'éclaire.* — Que fait donc maître Veaubraisé ?

VEAUBRAISÉ, *frappant à coups redoublés à la porte derrière laquelle il est enfermé.* — Maguelonne ! Ouvrez ! mais ouvrez donc ?...

MAGUELONNE. — Que se passe-t-il ? (*Courant à la porte et voyant le verrou tiré.*) Maître Veaubraisé enfermé. (*Elle ouvre.*)

VEAUBRAISÉ,[*] *rouge de fureur.* — Où est le capitaine ?

MAGUELONNE, *étonnée.* — Il n'est pas chez lui ?

VEAUBRAISÉ. — Non... Où est ma femme ?

MAGUELONNE. — Dans ma chambre...

VEAUBRAISÉ, *courant à la porte.* — Quel soupçon !... Le verrou est tiré. (*Il ouvre et entre.*)

MAGUELONNE. — Ah ! mon Dieu !

VEAUBRAISÉ, *sort en tenant sa femme par le bras.*[**] — Venez, madame....

BRIGITTE.[***] — Séraphin !

CHAVENTRÉ,[****] *sortant de la chambre.* — Que se passe-t-il ?

VEAUBRAISÉ, *furibond.* — Le capitaine avec ma femme !...

CHAVENTRÉ, *stupéfait.* — Sa femme !...

BABYLAS,[*****] *paraissant au fond et criant d'une voix éperdue :* Henri IV est entré !... (*En ce mo-*

[*] Veaubraisé, Maguelonne.
[**] Brigitte, Veaubraisé, Maguelonne.
[***] Veaubraisé, Brigitte, Maguelonne.
[****] Chaventré, Veaubraisé, Brigitte, Maguelonne.
[*****] Chaventré, Veaubraisé, Babylas, Brigitte, Maguelonne.

*ment le canon gronde. Le tocsin sonne. La fusillade éclate... Cris confus : Vive Henri IV !*

VEAUBRAISÉ, *après un moment de stupeur se précipitant sur Babylas.* — Misérable !... Traître !...

BABYLAS, *suffoqué et pleurant.* — C'est le sergent !... je lui avais remis les clefs pour venir tirer les verroux !

VEAUBRAISÉ. — Comment, c'est toi qui as... (*Il le secoue.*)

BABYLAS, *pleurant.* — C'est à cause de Maguelonne et du capitaine... je ne voulais pas être !...

VEAUBRAISÉ,* *au comble de la fureur.* — Eh bien, tu le seras, chenapan épouse-la, ta Maguelonne, gredin, sois heureux, canaille, et tâche d'avoir...

BABYLAS et MAGUELONNE. — Oh! oui, patron !...

VEAUBRAISÉ,** *s'emparant de la pique que tient Babylas et la brandissant.* — Oh ! si je ne me retenais pas...

CHAVENTRÉ, *l'arrêtant* — Veaubraisé !...

VEAUBRAISÉ, *hors de lui.* — Vous aussi, vous osez me regarder en face !... après...

* Chaventré, Brigitte, Veaubraisé, Babylas, Maguelonne.
** Chaventré, Veaubraisé, Brigitte, Babylas, Maguelonne.

CHAVENTRÉ, *indigné.* — Comment, vous avez cru ?...

BRIGITTE, *avec reproche.* — Oh ! Séraphin !...

CHAVENTRÉ, *très digne.* — La femme d'un hôte, c'est sacré !..

VEAUBRAISÉ, *à demi convaincu, à Brigitte.* — C'est bien vrai ?... au moins.

BRIGITTE, *baissant les yeux.* — Oh ! Séraphin.

CHAVENTRÉ. — Oh ! Séraphin !...

BABYLAS, *suppliant.* — Patron !...

VEAUBRAISÉ, *avec sévérité.* — Tais-toi ! si tu n'avais pas tiré les verroux...

CHAVENTRÉ, *goguenard et lançant une œillade à Brigitte.* — Henri IV ne serait peut-être jamais entré.

TOUS.

Nº 9.

REPRISE DU CHŒUR.

Ho, Ho.
Margot.
La bonne gasconnade
Et dorénavant
Répétons gaiement
Ce refrain charmant
Vraiment
Henri IV est un bon enfant.

(*Rideau.*)

FIN

Paris. — Imprimerie Bernard, 9, rue de la Fidélité.

9 782019 223038